Eine queere Weihnachtsgeschichte

Lothar du Mont Jacques

Lothar du Mont Jacques

Eine queere Weihnachtsgeschichte
Erzählung

Impressum

Bibliografische Information der Deutschen Nationalbibliothek:

Die Deutsche Nationalbibliothek verzeichnet diese Publikation in der Deutschen Nationalbibliografie; detaillierte bibliografische Daten sind im Internet über http://dnb.dnb.de abrufbar.
© 2020 für die Original Erzählung - Lothar du Mont Jacques, München
© 2022 für die Sonderauflage zu Weihnachten – Mont Jacques Buchclub & Verlag UG (Haftungsbeschränkt), München
Lektorat: Eveline S., Urmitz
Herstellung und Vertrieb: BoD – Books on Demand, Norderstedt
ISBN: 978-3-9490-5410-5

https;//www.lothardumontjacques.com

Prolog - Markus und Josef – Sommer 2000

Markus

Ich war so glücklich, fühlte mich im 7. Himmel. Mein Studium lief gut, mit Josef hatte ich nach einigen Enttäuschungen endlich jemanden kennen und lieben gelernt, der mich so nahm, wie ich bin, mit allen Ecken und Kanten. Noch lebten wir in getrennten Wohnungen, waren aber schon seit einiger Zeit auf der Suche nach einer passenden Wohnung. Während ich mich mit einer kleinen Einraumwohnung in der Stadt begnügte, logierte mein Schatz in einer geräumigen drei Zimmerwohnung außerhalb, direkt über seiner Werkstatt. Wir hatten uns bei einer Projektarbeit kennen gelernt. Ich musste eine Recherche machen und einen Bericht über Handwerker schreiben. Also klapperte ich das Internet auf der Suche nach einem passenden Betrieb ab.
Bei den meisten die ich anrief, wurde ich von der Sekretärin abgewimmelt, und hatte die Hoffnung schon fast aufgegeben, als ich auf Josefs Betrieb stieß.
Bei ihm meldete sich der Anrufbeantworter und ich laberte meinen Spruch darauf, kaum hoffend, dass ich einen Rückruf erhalten würde

Josef

Ich war frustriert. Nachdem ich meinen Meister gemacht und die Werkstatt meines Vaters von eben auf gleich hatte übernehmen müssen, hätte ich die Unterstützung meiner Frau gut gebrauchen können. Aber eine gescheiterte Beziehung lässt sich halt schwer wieder auf die Reihe bringen. Zu viele Dinge waren geschehen, erst war ich zu sehr mit meinem Meister beschäftigt gewesen, eh schon zu selten zu Hause und dann auch noch der Schlaganfall meines Vaters. Noch mehr Arbeit, noch mehr Verantwortung, dazu die Besuche im Pflegeheim, das war zu viel für unsere Beziehung. Martina hatte mir eines Abends erklärt, dass sie sich verliebt habe und mich verlassen würde. Eine Woche später war sie mit Sack und Pack ausgezogen, einen Teil der Möbel hatte sie mitgenommen. Nun saß ich in meiner Wohnung und grübelte, wie es weitergehen sollte. Ich sehnte mich nach Liebe, brauchte jemanden an meiner Seite, den ich mit meinen Plänen begeistern konnte, der mit mir eine gemeinsame Zukunft aufbauen wollte. Meine Arbeitstage waren lang, ich kam oft erst spät von der Arbeit nach Hause, die Buchhaltung machte ich am Wochenende. Freizeit war fast schon ein Fremdwort. Auch an diesem Abend war ich spät zurückgekommen und sah, dass der Anrufbeantworter schon wieder blinkte. Der musste warten, erst brauchte ich eine ausgedehnte Dusche und danach ein Glas Bier.

Markus

Es war schon kurz nach 21 Uhr als das Telefon läutete. Ich meldete mich nur mit einem knappen »Hallo Heiland hier, sorry wenn ich so spät erst anrufe, aber ich bin eben erst nach Hause gekommen und habe den AB abgehört « *»Ah, klasse, dass Sie mich zurückrufen«, antwortete ich. Der Typ hatte eine tolle Stimme, wie der wohl aussah, ging es mir durch den Kopf.* »Wie kann ich Ihnen denn nun helfen?«, *drang es an mein Ohr.* »Nun, ich studiere Journalismus und soll eine Reportage über einen Handwerksbetrieb schreiben.« »Und wie kommen Sie da gerade auf mich? « »Ehrlich gesagt sind Sie der Einzige, der überhaupt reagiert hat. Bei allen anderen, die ich vorher angerufen habe, wurde ich direkt von der Sekretärin bzw. Ehefrau abgewimmelt.« »Da haben Sie Glück, meine Frau, die gleichzeitig auch meine Sekretärin war, hat mich vor einigen Monaten verlassen.« Ich wusste darauf nichts zu sagen und wartete einfach, dass er weiterreden würde. Schade, dachte ich nur, so eine geile Stimme, aber bestimmt eine Hete*

Josef

Mann, was war das denn, schoss es mir durch den Kopf. Warum

erzählte ich einem völlig unbekannten, dass meine Frau mich verlassen hatte. »Ja, also wie stellen Sie sich das denn nun konkret vor? « *»Also, ich würde zunächst ein Interview mit Ihnen führen und mir dann gerne Ihren Betrieb ansehen und wie Sie und Ihre Leute da so arbeiten.«* Das konnte heiter werden. Glaubte der Bursche ich hätte einen Großbetrieb? » Leute ist übertrieben" begann ich fortzufahren"

Markus

»Leute ist übertrieben«, hörte ich ihn sagen. Diese Stimme. Ich fühlte mich nicht in der Lage, dieses Telefonat, emotionslos und professionell, zu führen. »Eigentlich arbeite ich die meiste Zeit allein, nur wenn ich Innenausbauten mache, die ich nicht alleine bewerkstelligen kann, hole ich mir Hilfe.« *»Wow, das klingt mehr als spannend«,* endlich hatte ich *mich gefangen, »da lässt sich bestimmt eine tolle Reportage draus machen….«* Wir redeten noch eine Weile darüber, was danach geschehen würde, wenn die Reportage fertig sei. Er wollte wissen, ob diese dann auch veröffentlich werden würde. Schließlich verabredeten wir uns für ein erstes Gespräch im Biergarten.
So hatte es begonnen, unser gemeinsames Leben. Wie stürmisch es werden würde, daran hätten wir im Leben nicht gedacht.

Kapitel 1 Reise nach Jerusalem Dezember 2001

Markus

Wir hatten die Suche nach einer gemeinsamen Wohnung aufgegeben, es war einfach nichts auf dem Markt, was uns beiden gefiel und bezahlbar war. Josef hatte mir den Vorschlag gemacht bei ihm einzuziehen und die Wohnung komplett umzugestalten. Einen Großteil der Möbel hatte er geschreinert, nach den Vorstellungen seiner Frau. Einige davon hatte sie bei ihrem Auszug mitgenommen und übrig waren nur das Ehebett und die Schränke und Kommoden im Schlafzimmer Für das Wohnzimmer hatte er sich nur einen Fernsehsessel und einen kleinen Beistelltisch gekauft, ansonsten war es bis auf einen Teppich leer. Mit der Küche konnte ich mich arrangieren aber das Wohnzimmer musste neu möbliert werden und auch das Ehebett war mir ein Dorn im Auge. Nicht das es mich gestört hätte, dass Josef mit einer Frau zusammen gewesen war, aber für unser Liebesleben wollte ich doch etwas haben, in dem vorher keine mir fremde Person mit meinem Hasen gekuschelt hatte.

Josef

Ich hatte mich direkt bei unserem ersten Treffen hoffnungslos in Markus verliebt. Dieser Ernst, den er in sich trug, wollte so gar nicht zu seinen siebenundzwanzig Jahren passen. Und dann diese Augen, dieser Blick, mit dem er einen gefangen nahm. Früh schon hatte ich gemerkt, dass ich eher mehr auf Männer als auf Frauen stand, hatte auch erste sexuelle Erfahrungen in dieser Richtung gemacht aber mich für das konventionelle Leben entschieden als ich mich in Martina verliebt hatte. Es lag aber wahrscheinlich auch daran, dass ich Kinder mag und immer eigene haben wollte.

Markus

»Bye, sag Moshe einen schönen Gruß«, beendete ich den Skype mit meiner Zwillingsschwester Katharina und klappte den Laptop zu. Mir stand ein breites Grinsen im Gesicht, ich würde Onkel werden, Ende Dezember, Anfang Januar sollte es so weit sein, der errechnete Geburtstermin war der 31. Dezember. Wir hatten gerade besprochen, dass Josef und ich schon am 23. Dezember nach Tel Aviv fliegen und von d o r t mit einem Leihwagen nach Jerusalem fahren würden. Wohnen würden wir bei Mosches Bruder David, der hatte eine große Wohnung. So konnten wir uns die Kosten für ein Hotel sparen. Unsere Eltern würden erst nach der Geburt nach Israel reisen, mein Vater konnte sich wieder einmal nicht von seiner Praxis trennen.

Josef

Markus wollte zunächst nicht bei mir einziehen, er wollte mit mir eine eigene Wohnung einrichten. Nur fand sich eben nichts Passendes. Mir war das ehrlich gesagt mehr als recht. Ich hätte sonst jeden Tag von der Wohnung zur Werkstatt fahren müssen. Um seinen Wünschen nach etwas Eigenem entgegenzukommen, hatte ich damit begonnen ein neues Bett für uns zu tischlern. Für das Wohnzimmer hatte ich auch schon etwas ins Auge gefasst. Einer meiner Kunden hatte ein wunderbares Buffet, was er gerne verkaufen wollte, da es zu den neuen Möbeln, die er bei mir in Auftrag gegeben hatte, nicht passen würde. Mir gefiel diese Kombination zwischen alt und neu, mal sehen, wie Markus es sehen würde. Am Abend wollte ich ihm diesen Vorschlag machen.

Markus

Josef hatte kaum die Wohnungstür geschlossen, da fiel ich ihm um den Hals und flüsterte ihm die Neuigkeiten ins Ohr. Er drehte meinen Kopf so, dass er mir in die Augen sehen konnte und strahlte über das ganze Gesicht. »Wir werden Onkel, pardon, du wirst Onkel.« Er hatte „Wir" gesagt, mir liefen die Tränen, ich konnte meine Emotionen nicht im Griff halten. »Habe ich etwas falsches gesagt?«, erschrocken blickte er mich an. *Ich schüttelte nur den Kopf, war immer noch nicht in der Lage etwas darauf zu sagen. Stattdessen küsste ich ihn, lange und sehr intensiv. Etwas später, nachdem er sich geduscht und umgezogen hatte, machten wir in der Küche Reisepläne. Während ich das Gemüse für unser Abendessen schnippelte, suchte Josef im Internet nach passenden Flügen und einem Leihwagen.*

Josef

Wir würden ein Kind haben, war der erste Gedanke, der mir durch den Kopf ging, als Markus mir die tollen Neuigkeiten ins Ohr flüsterte. Erst als ich »wir werden« ansetzte zu sprechen, fiel mir im letzten Moment ein „Onkel" zu sagen, erst da realisierte ich, dass Katharina schwanger war und nicht Markus. Bei ihm wäre das auch ein Wunder gewesen, eines, dass sich in etwas anderer Form vor fast zweitausend Jahren im Nahen Osten ereignet hatte. Wobei der Schauplatz nahezu identisch war. Nun saß ich da, hatte zur Feier des Tages ein Glas Sekt vor mir stehen, und suchte im Internet nach Flügen. »Es gäbe da einen günstigen Flug mit El Al, da ist nur der Rückflug zu einer ungünstigen Zeit«, ich sah Markus an. »Das überlasse ich alles dir, mein Schatz. « Nun hatte ich wieder den schwarzen Peter. Wir hatten noch Zeit. Das Essen roch verführerisch und ich hatte etwas anderes, sinnlicheres im Kopf als nach Flügen zu sehen. Ich klappte meinen Laptop zu, nahm meinen Sekt und trat zu meinem Schatz an den Herd.

Markus

Meinen Eltern hatte ich bis jetzt Josef unterschlagen und auch Katharina gebeten, ihnen nichts von ihm zu sagen. Mein Vater kam mit meinem Schwulsein nicht gut zurecht, meine Mutter dagegen sehnte sich nach einem Schwiegersohn. Am kommenden Wochenende sollte es so weit sein, wir würden nach Mainz fahren, besser gesagt, ins Hinterland, dahin, wo ich aufgewachsen war und mein Vater immer noch als Landarzt praktizierte. Während ich nervös durch die Gegend rannte, blieb Josef gelassen. »Dein Vater wird mich schon nicht beißen« war der einzige Kommentar, den er von sich gab. *»Meine Mutter wird dich mögen«, du bist so bodenständig und siehst dabei auch noch so toll aus.“ Josef lächelte mich lieb an.*

Josef

Die Gegend, in der Markus aufgewachsen ist, hat mir sehr gut gefallen. Ich war zuvor noch nie am Rhein, hatte mir den Fluss nicht so stark befahren vorgestellt. Bei Irene hatte ich sofort einen Stein im Brett, wir verstanden uns von Anfang an. Bernd war zunächst sehr zurückhaltend, taute aber bald auf. Er war neugierig, stellte seine Fragen aber sehr diskret. Als er hörte, dass ich von eben auf gleich die Werkstatt meines Vaters hatte übernehmen müssen, und mich gleichzeitig um die Heimunterbringung kümmern musste, war das Eis gebrochen. Da hatte auch er mir das Du angeboten. Ab da wurden Kindheitserinnerungen ausgegraben, Fotoalben hervorgeholt und ich in die ganze Familiengeschichte eingeführt. Es ist ein schönes Gefühl, Teil einer Familie zu sein.

23. 12. 2001

Markus

Puh, geschafft, das Gepäck war aufgegeben, die Personenkontrolle und Ausreise hatten wir hinter uns und saßen nun im Transitbereich bei einer Tasse Kaffee, darauf wartend, dass mit Boarding begonnen wurde. Vier Stunden würde der Flug dauern, so dass wir am frühen Nachmittag ankommen sollten, vorausgesetzt, die Maschine hob pünktlich ab. Unser beider erster Besuch in Israel. Viel würden wir wahrscheinlich nicht sehen, meine Schwester war hochschwanger und außerdem hatten wir uns so lange nicht g e s e h e n , d a s s e s v i e l z u ratschen geben würde. Meinen zukünftigen Schwager würde ich auch besser kennen lernen, wir beide hatten uns erst zweimal gesehen.

Josef

Endlich waren wir in der Luft, mit dreißigminütiger Verspätung.
Wir hatten wohl die Reiseflughöhe erreicht, denn die Crew begann damit Getränke und Essen zu servieren. Markus war unruhig, irgendetwas schien ihn zu beschäftigen. Ich legte sachte meine Hand auf seine Linke, »was fehlt dir mein Hase, du bist so nervös? « »Ich weiß es nicht, es geht mir schon so, seitdem wir die Ausreisekontrolle hinter uns gebracht hatten. Es ist, als ob ein Damoklesschwert über mir schweben würde. Ich habe das Gefühl, dass etwas ganz Schlimmes passiert ist oder passieren wird«, schluchzte er. »Ganz ruhig, ich bin doch bei dir, du wirst sehen du bist nur aufgeregt, weil du deine Schwester so lange nicht gesehen hast. Aber er ließ sich nicht beruhigen, zappelte den ganzen restlichen Flug auf seinem Platz herum und hatte es nach der Landung eilig, aus der Maschine zu kommen.

Markus

Warum nur dauerte es so lange, bis das Gepäck ausgeladen war. Was war das nur für ein Wald- und Wiesenflughafen?

Meine Blase meldete sich, ich bat Josef nach unseren Koffern Ausschau zu halten und machte mich auf die Suche nach einer Toilette.

Als ich zurück kam hatte sich das Band in Bewegung gesetzt und Josef bereits einen unserer Koffer neben sich stehen. Ich erspähte meinen Koffer und kurze Zeit später gingen wir durch den Zoll.

Wir konnten ohne Probleme passieren und waren endlich in der Ankunftshalle. Ich hielt Ausschau nach den Hinweisschildern für die Leihwagenfirmen als mein Blick an zwei Polizisten haften blieb, die ein Schild mit unseren Namen in den Händen hielten. Mir wurde schlecht, ich glaubte mir würde der Boden unter den Füßen weggerissen

Josef

Als Markus zu taumeln anfing, griff ich instinktiv nach seinem Arm, um ihn zu stützen und sah im gleichen Augenblick die beiden Polizisten. Ich stellte meinen Koffer ab und machte mit meiner nun freien Hand die beiden Herren auf uns aufmerksam.

»Sind Sie Herr Mendel?«, wandte sich der eine an mich. »Nein, ich bin Herr Heiland, mein Freund hier ist Herr Mendel«, antwortete ich und sah in fragend an.

»Wir haben leider sehr schlechte Nachrichten für Sie, die Schwester von Herrn Mendel wurde bei einem Schusswechsel verletzt, ihr Begleiter getötet. Unsere Aufgabe ist es, sie auf schnellstem Weg in die Klinik nach Bethlehem zu bringen"

Nicht eine Minute später rasten wir mit Blaulicht über die Autobahn in Richtung Jerusalem

Kapitel 2 - Die Geburt

Markus

Ich war wie versteinert, meine Gedanken kreisten nur noch um meine Schwester und das Kind. Josef hielt meine Hand und redete tröstend auf mich ein, meinte, ich solle die Hoffnung nicht aufgeben.

Josef

Markus hing wie ein Häufchen Elend im Sitz. Ich hielt seine Hand und versuchte ihn so gut wie es ging zu beruhigen, hatte damit aber wenig Erfolg. Nach einer knappen Stunde hatten wir Jerusalem erreicht und kämpften uns nun durch das Verkehrsgewühl Richtung Bethlehem. Katharina hatte man in das Malteser Krankenhaus zur Heiligen Familie eingeliefert, eine Klinik mit Geburtsstation, in der sie selbst als Arzt im Praktikum arbeitete.

Markus

Wir waren endlich in der Klinik angekommen.
Auf der Station wurden wir direkt in das Zimmer des Chefarztes geführt. Ich wollte zu meiner Schwester aber der Arzt wollte zuerst mit uns reden. Ob Katharina eine Patientenvollmacht habe, wollte er wissen. Ich schüttelte den Kopf, ich wusste es nicht, wir hatten nie über so was gesprochen. Unsere Eltern hatten solche Vollmachten.
»Kann ich jetzt bitte zu meiner Schwester?" »Ja, sie dürfen gleich zu ihr aber wir müssen das mit der Vollmacht wissen, es müssen Entscheidungen getroffen werden" »Welche Entscheidungen?«, ich fühlte wie mir schlecht wurde. »Ihre Schwester ist Hirn tot! «

Josef

Als der Arzt „Hirn tot" sagte, klappte Markus endgültig zusammen. Er bekam einen Schreikrampf und kotzte ohne Vorankündigung quer über den Schreibtisch des Arztes.

Kurz danach lag er, vollgepumpt mit Beruhigungsmitteln im Bereitschaftszimmer, in dem sich sonst die Ärzte während der Nachtschicht hinlegen können, sofern es die Arbeit zulässt. Obwohl ich vor Angst um Markus selbst wie Espenlaub zitterte, arbeitete mein Verstand wie ferngesteuert. Mir fielen die Eltern ein, hatte man sie schon verständigt, wussten sie von dem Unglück Als ich den Arzt fragte verneinte er, die Klinik hatte weder die Telefonnummer noch sonstige Angaben von den Eltern. Ob die Polizei sie informiert hatte, wusste er auch nicht, griff aber sofort zum Telefon, um es in Erfahrung zu bringen.

Markus

Als ich wieder zu mir kam, lag ich in einem kleinen Raum und Josef saß schlafend in einem Sessel an meinem Bett. Mir fiel sofort wieder meine Schwester ein, und schon stiegen mir wieder die Tränen in die Augen. Durch mein Schluchzen wurde Josef wach.

»Na Kleiner, bist du wieder wach?" Er setzte sich zu mir aufs Bett und strich mir über den Kopf. »Es tut mir so leid für dich, sag mir was ich tun soll, wie ich dir helfen kann? « »Ich will Katharina sehen, jetzt sofort. « Ich schlug die Decke zurück und merkte erst jetzt, dass ich nur eine Unterhose trug. »Wo sind meine Klamotten?" »Du hast dich zugekotzt, die sind in einem Krankenhausbeutel, die kannst du so nicht mehr anziehen, die müssen erst gewaschen werden. Warte einen Moment, ich gebe dir ein frisches Shirt und frische Jeans, ich muss nur erst die Kofferschlüssel finden. « Es dauerte nicht lange, bis Josef die Schlüssel gefunden und mir frische Kleidung in die Hand drückte. »Hinter dieser Tür ist ein kleines Bad mit einer Dusche«, sagte er und wies mit dem Kopf in die entsprechende Richtung.

Josef

Nachdem Markus sich geduscht hatte und in frischer Kleidung ungeduldig darauf wartete, dass wir zur Intensivstation gingen, berichtete ich ihn erst einmal über den Stand der Dinge. »Ich habe mit deinen Eltern telefoniert, sie kommen mit der nächsten Maschine, ich hoffe es ist dir recht? « Er nickte. »Bitte, komm, ich muss sie sehen!«

Markus

Da lag sie, an tausende Maschinen angeschlossen, einen dicken Verband um den Kopf, Sonden in Mund und Nase, so dass ich sie nicht einmal küssen konnte. Ich nahm ihre Hand und murmelte immer wieder »bitte, bitte wach auf, werde gesund, das Kind braucht dich doch. « Ich weiß nicht mehr wie lange ich an ihrem Bett gesessen bin. Irgendwann kamen Ärzte und Pfleger und baten uns, das Zimmer zu verlassen, der Zustand habe sich verschlimmert, sie müssten das Kind entbinden. Ein Pfleger begleitete uns zurück in das Bereitschaftszimmer, wo noch immer unser Gepäck stand. »Hier können sie warten, ich komme wieder zu Ihnen, sobald das Kind da ist. «

Josef

Wir saßen wieder in diesem kleinen Raum, eine Schwester hatte uns mit Tee versorgt und uns auch etwas Gebäck hingestellt. Markus war schneeweiß im Gesicht, ich sah bestimmt auch nicht besser aus. Ich blickte auf meine Armbanduhr, Mittenacht schon lange vorbei, es war Heiliger Abend

24. Dezember 2001 4:30 Uhr

Markus

Wir waren wohl beide eingenickt. Der freundliche Pfleger rüttelte sanft an meiner Schulter. »Herr Mendel, das Kind ist da, es ist ein Junge"

Josef

Es gab eine neue   Aufgabe, wir mussten uns um die standesamtliche Registrierung der Geburt kümmern. Aber was war mit dem Vater. An Moshe hatten wir bei all der Aufregung nicht weitergedacht. Was war mit seiner Familie. Wir sollten doch bei seinem Bruder wohnen, nur hatte der sich bislang hier nicht blicken lassen, davon abgesehen, dass wir ihn nicht kannten. Der Pfleger führte uns zur Säuglingsstation. Durch ein Fenster konnten wir den Knirps zum ersten Mal bewundern.

Markus

Ich hatte schon wieder sehr nah am Wasser gebaut aber dieses Mal waren es Glückstränen, die über meine Wangen liefen.
weißt du, welchen Namen sich Katharina und Moshe ausgesucht hatten?«, fragte Josef. »Nein, das sollte bis zur Geburt ihr kleines Geheimnis bleiben" Vielleicht weiß es Mosches Bruder, den müssen wir eh ausfindig machen, wir können ja nicht ewig hier in der Klinik bleiben«, antwortete Josef. Mist, daran hatte ich überhaupt keinen Gedanken verschwendet, zu sehr war ich im Schmerz um meine Schwester gefangen gewesen. Ich merkte, dass ich trotz all meiner Trauer langsam wieder zu funktionieren anfing. Es gab zu viel zu erledigen, meine Trauer musste warten.

Josef

Es war mittlerweile kurz vor 6 Uhr am Morgen, in Deutschland hätten wir um diese Zeit sicher noch selig schlummernd in den Federn gelegen. Dies hier hatten wir uns auch anders vorgestellt. Innerhalb eines Tages war die Welt auf den Kopf gestellt worden. Warum nur passierten solche Dinge immer ausgerechnet an Weihnachten. Mein Magen knurrte und eine Dusche hätte ich auch gut gebrauchen können. Noch standen unsere Koffer in dem kleinen Bereitschaftszimmer. Ich nahm Markus an der Hand und gemeinsam liefen wir durch die stillen Gänge zurück.

Markus

Während Josef unter der Dusche stand, versuchte ich meine Eltern telefonisch zu erreichen. Am Festnetz meldete sich niemand und bei beiden Handys sprang die Mailbox an. Ich hinterließ ihnen die frohe Botschaft in dieser dunklen Nacht, und machte mich auf den Weg zu meiner Schwester, nachdem ich Josef Bescheid gesagt hatte.

Kapitel 3 - >Herbergssuche

Josef

Ich schaute kurz nach Markus, der am Bett seiner Schwester saß und ihre Hand hielt. »Alles in Ordnung?" Sachte strich ihm übers Haar. Er nickte nur, sein Schweigen sagte mehr, als er mit Worten hätte ausdrücken können. »Ich lass' dich mal für eine Weile allein, versuche ein Hotelzimmer für uns zu bekommen" Wieder nur ein Nicken.

Nachdem ich das Zimmer verlassen hatte, brauchte ich erst einmal frische Luft und suchte den Ausgang. Als ich am Empfang vorbei lief kam mir der Gedanke dort nach einem Telefonbuch zu fragen und mir auch gleich eine Empfehlung geben zu lassen. »Da werden Sie keine Chance haben, die Hotels sind seit Monaten ausgebucht und wenn nicht, dann sind die Preise astronomisch hoch«, bedauernd schüttelte die ältere Frau den Kopf. »Und privat, kennen Sie nicht jemanden, bei dem wir unterkommen könnten, gegen Bezahlung versteht sich?«, wagte ich sie zu fragen. »Ich wüsste niemanden aber rufen Sie die Hotels an, vielleicht haben Sie ja Glück«, antwortete sie und reichte mir das Telefonbuch. »Setzen Sie sich ruhig hier an den freien Schreibtisch, das Telefon können Sie benutzen«, lächelte sie mich an.

Markus

Ich war wohl eingeschlafen und hatte von unserer Kindheit geträumt. Noch immer hielt ich Katharinas Hand.

Unsere Kindheit war glücklich, auch wenn unsere Eltern nicht sehr viel Zeit für uns gehabt hatten. Ich hatte von Anfang an eine Spielkameradin, die ersten 9 Monate hatten wir zusammen auf engstem Raum verbracht, wenngleich ich logischerweise daran keine Erinnerung hatte. Die Schwangerschaft war nicht geplant gewesen, eher ein Betriebsunfall, trotz Verhütung. Unsere Mutter hatte ihr Studium unterbrochen um sich um uns zu kümmern, Vater baute derweil seine

Praxis auf. Er bezeichnete sich stets als Dorfarzt, dabei war er Internist, aber in der ländlichen Umgebung betrachteten seine Patienten ihn als erste Anlaufstelle, wo immer es zwickte. Erst nachdem Katharina und ich aufs Gymnasium gewechselt waren, nahm unsere Mutter ihr Studium wieder auf und stieg dann einige Jahre später mit in die Praxis ein.

Josef

Nachdem ich mir vor der Klinik einige Minuten die Beine vertreten hatte, nahm ich das Angebot der Empfangsdame an und setzte mich an den Schreibtisch, der ihrem gegenüberstand. Sie hatte mir freundlicherweise den Computer ihrer Kollegin hochgefahren, so dass ich auch im Internet nach einer Unterkunft suchen konnte. Schon der erste Versuch brachte mich auf den Boden der Tatsachen zurück, es schien wirklich kein einziges freies Zimmer zu geben. Zum Telefonieren war es eindeutig noch zu früh, aber ich machte mir schon mal eine Liste mit den Telefonnummern der Hotels, die preislich überhaupt in Frage kamen. Das King David kam schon mal nicht in Frage, das lag weit außerhalb unseres Budgets. Mein Magen knurrte, kein Wunder, wir hatten seit Stunden nichts gegessen.
Ich dankte der Empfangsdame und verließ das Krankenhaus auf der Suche nach einem Bäcker. Als ich durch die Straßen lief fiel mir ein, dass ich ja keinen einzigen Schekel im Geldbeutel hatte.

Markus

Schweren Herzens verließ ich meine Schwester, nicht ohne ihr vorher einen Kuss auf die Stirn zu hauchen, und machte mich nochmal auf den Weg zur Säuglingsstation. Ich bat darum, meinen Neffen sehen zu dürfen. »Wollen Sie ihn denn nicht auch mal halten«, fragte mich die noch sehr junge Krankenschwester. »Ja klar, wenn ich das darf, natürlich«, antwortete ich und sah sie erwartungsvoll an. Sie wies auf einen Stuhl und verschwand, um den Kleinen zu holen. Wenige Augenblicke später hielt ich meinen Neffen zum ersten Mal im Arm. Die Augen waren geschlossen aber mit seiner kleinen Hand hielt er meinen Daumen fest im Griff. Das war der Moment, in dem mir klar wurde, dass ich ihn anstelle seiner Mutter erziehen würde, komme da, was immer kommen wolle.

Josef

Die Bäckerei konnte man schon von weitem riechen, der Duft nach frischen Backwaren waberte durch die Luft. Ich folgte einfach meiner Nase und stand kurze Zeit später vor dem kleinen Laden. Ob ich denn auch in Deutscher Mark zahlen könnte, wollte ich von dem attraktiven, jungen Burschen wissen. Zum Glück verstand er mein Englisch, verneinte aber meine Frage, erklärte mir aber freundlicherweise den Weg zum Bankautomaten.
Dort stand ich vor dem nächsten Problem, ich hatte keinen blassen Schimmer wie das Verhältnis DM zum Schekel war. Ich beschloss es darauf ankommen zu lassen und wählte den Höchstbetrag, den das Display anzeigte.
Kurze Zeit später stand ich wieder in dem kleinen Bäckerladen und war nun endlich in der Lage uns etwas Essbares zu kaufen

Markus

Es war bereits 9 Uhr durch und wir saßen immer noch im Bereitschaftszimmer. Seit fast zwei Stunden telefonierte Josef mit den Hotels, keine Chance, alles ausgebucht.
»Wenn d a s so weitergeht, dann müssen wir es in Tel Aviv versuchen«, meinte er, als er wieder einmal den Hörer auflegte. »Das ist viel zu weit weg«, ich schüttelte den Kopf. »Was bleibt uns anderes übrig, hier können wir jedenfalls nicht bleiben", brummelte Josef. Ich wollte gerade antworten, als es an der Tür klopfte und nach meinem „herein" ein junger Mann den Raum betrat. Er heiße

Daniel und sei der Stellvertreter der Personalchefin, stellte er sich vor. Sie habe ihn gebeten, dass er sich um uns kümmere, bei allen Belangen. »Sie schickt der Himmel«,, spontan drückte ich ihn an mich und küsste ihn links und rechts auf die Wange. »Dich schickt der Himmel«, antwortete er und wandte sich aus meiner Umarmung. Ich schaute ihn betreten an, hatte ich ein Gebot übertreten, war ich ihm zu nahegekommen?

Josef

Daniel hatte der Himmel geschickt. Endlich hatten wir jemanden, der sich auskannte und die nötigen Verbindungen hatte.

»Unser größtes Problem ist momentan ein Hotelzimmer zu finden«, wandte ich mich an ihn. »Das Suchen kannst du dir sparen, alles seit Monaten ausgebucht«, er schüttelte den Kopf. »Bestenfalls im King David, aber du weißt, dass das unser Vorzeigehotel ist, da logiert alles, was Rang und Namen hat, beste Lage und teuerste Kategorie. Da wirst du, wenn überhaupt, kein Zimmer unter 3.000S Schekel bekommen" »Wieviel ist das in unserer Währung, ich habe keine Ahnung wie der Wechselkurs steht?"

»Das sind so etwa 800 Euro und ich weiß ja nicht, ob ihr so viel ausgeben könnt, Pardon wollt, wollte ich sagen? « Buh, 800 Euro pro Nacht, da müsste ich auf das Firmenkonto zurückgreifen, sinnierte ich, als Daniel mit einem anderen Vorschlag kam. »Wenn es euch nicht zu unbequem ist, dann könntet ihr bei uns unterschlüpfen. «Verdutzt schauten wir beide ihn an.

Markus

Als Daniel uns sagte, dass wir bei Ihnen wohnen könnten, wäre ich ihm vor Dankbarkeit fast wieder um den Hals gefallen, konnte mich im letzten Moment gerade noch zusammenreißen. Weiß deine Familie von dem Angebot, was du uns da gerade unterbreitet hast?«,

36

wollte ich von ihm wissen. »Wir sind nur zu zweit und mit Ben habe ich heute früh gesprochen, nachdem ich von Rebecca gebeten wurde, mich um euch zu kümmern! « »Ben?«, fragte ich? „Ja, Ben. Euch sollte das doch nicht weiter stören, ihr gehört doch wohl auch zur Community?" Daher wehte also der Wind, der Knabe spielte in der gleichen Liga. »Das stört uns in keiner Weise, ganz im Gegenteil. Ich hatte nur nicht erwartet, ausgerechnet hier in Bethlehem auf Schwule zu treffen«, antwortete ich und nahm ihn dann doch in den Arm, um ihn herzhaft zu drücken.

Josef

Eine Sorge weniger, wir hatten eine Bleibe, allerdings brauchten wir auch für Markus Eltern noch ein Zimmer. »Daniel, du hilfst uns in einer wirklich schwierigen Lage, ich weiß gar nicht wie ich dir danken soll" Auch ich hatte ihn mittlerweile in den Arm genommen und drückte ihm ein Küsschen auf die Wange. »Ihr hättet doch sicher das Gleiche getan, wenn ich in München gestrandet wäre?" Er hatte sich aus meiner Umarmung befreit und schaute uns fragend an. »Klar, hätten wir«, kam es unisono von uns beiden. Die Frage, was wir mit Markus Eltern machen sollten, erübrigte sich, denn just in diesem Augenblick läutete Markus' Handy.

Markus

»Mama, endlich, wo seid ihr, warum meldest du dich denn nicht. Papa geht auch nicht ran«, ich machte meinem Unmut richtig L u f t . Einen A u g e n b l i c k s p ä t e r l i e f e n m i r bereits wieder d i e Tränen und ich war kaum noch in der Lage weiter zu reden. Hilflos reichte ich Josef das Handy.

Josef

Um Himmels willen, was war jetzt wieder passiert. Markus war kreidebleich, ein heftiger Weinkrampf hatte ihn erfasst, kaum dass er mir das Telefon in die Hand gedrückt hatte. Von Irene erfuhr ich dann, dass Bern im Flugzeug einen Schlaganfall erlitten hatte. Der Pilot hatte sofort den nächsten Flughafen angesteuert und nun lag Bernd in Sofia, im Alexandrovska, der Uniklinik. Sein Zustand war stabil, aber er war halbseitig gelähmt.

Die Baustelle war noch eine Nummer größer. Nicht nur, dass wir auf die Unterstützung der Eltern verzichten mussten, ganz im Gegenteil, jetzt brauchten sie unsere Unterstützung. Aber eine Katastrophe kommt selten allein.

Markus

Ich floh zu meiner Schwester an ihr Krankenbett, flehte sie an, aufzuwachen, uns nicht im Stich zu lassen, vergebens, sie hörte mich nicht, würde mich nie wieder hören. Man hatte mein Lamento wohl bis zum Schwesternzimmer gehört, es dauerte nur wenige Minuten, bis mich eine Schwester, zusammen mit einem Arzt, aus dem Zimmer holte. Sie wollten mir eine Beruhigungsspritze verpassen, aber dagegen konnte ich mich gerade noch wehren, auch weil Josef und Daniel in diesem Moment auftauchten.

Josef

Zusammen mit Daniel konnte ich den Arzt, den wir bisher noch nicht gesehen hatten, davon überzeugen, dass Markus nicht sediert, werden musste. Als der Doc hörte, was alles in den letzten zwei Tagen passiert war, nickte er nur mit dem Kopf. Wir waren uns schnell einig, dass es das Beste war, wenn wir das Krankenhaus verlassen und zu Daniels Wohnung fahren würden. Allerdings musste vorher noch die Geburt beim Standesamt registriert werden. Der Junge brauchte einen Namen.

Markus

Mit einer Taxe brachte uns Daniel zu seiner Wohnung in der Altstadt von Jerusalem. Die Wohnung war nicht sehr groß, hatte aber drei Räume, so dass wir den beiden nicht unbedingt auf den Wecker gehen würden. Lange wollte ich hier eh nicht bleiben. Wir hatten versucht, die Geburt im Krankenhaus registrieren zu lassen, aber da tauchten schon die nächsten Probleme auf. Mit einem Namen allein war es nicht getan, welche Staatsangehörigkeit sollte der Knabe bekommen. Für mich stand fest, dass da ja wohl nur die Deutsche in Frage kam. Das sah die ältere Dame in der Registratur aber ganz anders." Laut meinen Unterlagen ist ihre Schwester Katharina konvertiert, der Junge hat somit eine jüdische Mutter, und da er hier geboren ist, auch automatisch die israelische Staatsbürgerschaft«, beschied sie mir.

Josef

Eine Katastrophe jagte buchstäblich die andere. So hatten wir uns unser Weihnachtsfest nicht vorgestellt. Jetzt mussten wir auch noch klären welche Staatsbürgerschaft der Junge bekommen sollte. Da konnte uns nur die Botschaft weiterhelfen. Ich würde das Übernehmen, versuchen dort eine Auskunft zu bekommen. Es war zwar Heiliger Abend aber in Israel ein gewöhnlicher Arbeitstag. Leider erreichte ich nur einen Mann in der Telefonzentrale, der mir beschied, dass die Botschaft bis ins neue Jahr nur mit einer Notbesetzung arbeite und er niemanden fände, mit dem er mich verbinden könnte. Was mit dem Botschafter sei, wollte ich wissen, ob dieser außer Landes sei.

Markus

Während sich Josef um die Klärung der Staatsbürgerschaft kümmerte, hatte ich erneut mit meiner Mutter telefoniert. An eine Weiterreise war nicht zu denken. Sie würden so lange in Bulgarien bleiben müssen, bis mein Vater so stabil war, dass sie die Heimreise antreten konnten. Wie lange, dass dauern würde wusste niemand. Ich fragte behutsam,

ob sie etwas von Katharinas Konversion wusste, was nicht der Fall war. Auch von einer Patientenverfügung wusste sie nichts. So schwer es mir fiel aber das Thema musste angesprochen werden, Katharinas Zustand und wie es überhaupt weitergehen sollte.
»Markus, bitte, triff du diese Entscheidung, du bist ihr Zwilling, stehst ihr damit noch näher als ich es tue. « »Mama, was verlangst du da von mir? « Wie sollte das weitergehen. Ich wusste nur, wir mussten zurück zur Klinik.

Josef

Schließlich erfuhr, ich das der Botschafter zu einem Empfang hier in Jerusalem war, im King David Hotel. Der Empfang sollte am frühen Abend stattfinden, der Botschafter war aber bereits gegen elf Uhr losgefahren und sollte wohl auch schon in Jerusalem sein. Also versuchte ich mein Glück im King David. Die, der Stimme nach zu urteilen, junge Dame war sehr professionell und beschied mir, dass sie generell keine Auskünfte über Hausgäste geben würden. Aber sie hörte mir immerhin zu, und nachdem ich ihr unsere missliche Lage erklärt hatte, war sie bereit, dem Botschafter eine Nachricht zukommen zu lassen. Jetzt hieß es wieder einmal warten.

Markus

Warten konnten wir auch in der Klinik. Mit dem Taxi ging es zurück in die Heilige Familie. Zunächst schauten wir in das Zimmer meiner Schwester, wo sich nichts verändert hatte. Katharina lag in ihrem Bett und wurde nur durch die künstliche Beatmung am Leben gehalten. Bevor wir mit dem Chefarzt sprechen wollten, wollte ich aber erst meinen Neffen sehen. In der Säuglingsstation standen zwei Männer mit Bärten, S c h ä f e r l o c k e n , und in schwarze Anzüge gekleidet vor dem Fenster zum Säuglingszimmer. Wahrscheinlich war einer von ihnen gerade Vater geworden, aber sie blickten sehr ernst und sahen so gar nicht glücklich aus.
Als wir näher traten sprach mich einer der beiden an. »Sind Sie Herr Mendel?" Ich nickte, und noch bevor ich etwas sagen konnte, sprach

er schon weiter »ich bin Aron Weizmann, und das ist mein Bruder Schmuel« »Mein Beileid«, ich reichte beiden die Hand. »Unser Vater konnte nicht persönlich kommen, er kann das Haus nicht verlassen, die Trauerzeit für Moshe ist noch nicht vorbei«, erklärte mir Schmuel. »Wir sind hier, um zu klären, wann wir Jonathan nach Hause holen können, damit die Brismile in der vorgeschriebene n Z e i t erfolgen kann" Jonathan, Brismile, von was sprachen die?

Josef

Jonathan, Brismile, wer war Jonathan und was der die das Brismile. »Das Kind, dass Ihnen die Schwester da zeigt, ist nicht Jonathan«, wand ich mich an die Beiden. »Wer s i n d S i e ?«, w o l l t e d e r Mann, der sich uns als Aron vorgestellt hatte, von mir wissen. »Ich heiße Josef Heiland und bin der Lebensgefährte von Herrn Mendel. «Seiner Mimik war nicht zu entnehmen, ob ihm das gefiel. Er wandte sich an Markus und erklärte, »dieses Kind ist das Kind meines Bruders und Ihrer Schwester. Wie die Familie erfahren hat, wollten Sie den Knaben unter dem Namen Michael und mit deutscher S t a a t s b ü r g e r s c h a f t beim Standesamt registrieren lassen! « »Was g e h t ' sie das a n ?«, m i s c h t e i c h m i c h i n die Unterhaltung ein. »Sehr viel, im Gegensatz zu Ihnen!«, seine Augen blickten zornig.
Nun wurde auch Markus aggressiv und verlangte zu wissen, wie sie auf die Idee kämen, dass sie dem Kind einen Namen geben und es zu sich nach Hause holen könnten. Als er aber erfuhr was mit Brismile gemeint war, rastete er vollkommen aus. »Raus hier, verschwindet, lasst euch hier nie mehr blicken!«, er tobte, wie eine Furie worauf sogleich jemand v o m S i c h e r h e i t s d i e n s t auf der Bildfläche erschien.

Markus

Jetzt war das Fass übergelaufen. Wäre der Sicherheitsdienst nicht eingeschritten, wäre ich den beiden an die Gurgel gegangen. Meinem Neffen würde man weder den Namen Jonathan verpassen noch am Schniedel rumschnippeln.
»Legen Sie sich nicht mit uns an, Sie wissen nicht, wer wir sind und wie weit unser Einfluss reicht«, zischte Aron, und verließ mit seinem Bruder die Station.
»Woher wissen die das mit dem Namen und der Staatsbürgerschaft? « Josef sah mich fragend an. „Sag du es mir" »Du bist doch der Journalist, ich nur ein einfacher Zimmermann. « Mittlerweile stand auch der Direktor des Krankenhauses bei uns. »Hören Sie, so geht das nicht, Sie bringen hier eine Menge Unfrieden in diese Klinik" »Wer bringt hier Unfrieden?«, begehrte ich auf. »Meine Schwester ist Hirn tot, das Kind ist laut Standesamt israelischer Staatsbürger und keiner kann mir sagen, was ich machen muss, um mit dem Kind das Land zu verlassen. Ganz abgesehen davon, dass ich eine Entscheidung bezüglich meiner Schwester treffen muss und meine Eltern ausfallen, d a mein Vater auf dem Flug hierher einen Schlaganfall erlitten hat und in Sofia im Krankenhaus liegt«, machte ich meinem Ärger Luft.

Josef

Die Situation wurde brenzlig. Wir kannten die Weizmanns nicht, aber ich glaubte den Drohungen, die Aron ausgestoßen hatte. Wir brauchten unbedingt den Botschafter. Wenn er nicht zurückrief, dann musste ich ihn eben bei seinem Empfang stören. Der Mann wurde schließlich von Steuergeldern bezahlt, und Steuern zahlte ich nicht gerade wenig. Den Taxifahrer bat ich, erst zur Wohnung von Daniel zu fahren und mich anschließend ins Kind David zu bringen. Im King David wollte man mich nicht zu dem Empfang vorlassen, aber man war immerhin bereit, einen Boten mit einer Notiz von mir zu dem Botschafter zu schicken. Es dauerte eine ganze Weile bis der Bote zurückkehrte und mir einen Zettel zusteckte. „Bitte warten Sie in der Lobby, ich bin in etwa einer halben Stunde bei Ihnen." Na also, geht doch, dachte ich und sah mich nach einer Sitzgelegenheit um.

Markus

Die Klinik rief an, der Chefarzt drängte zu einer Entscheidung. Ich rief Josef an und bat ihn nach seinem Treffen mit dem Botschafter zur Klinik zu kommen. Daniel begleitete mich zurück zur Klinik Den Zugang zur Säuglingsstation blockierte ein Gorilla im schwarzen Anzug, mit Hut und Schäferlocken. Was sollte das? Daniel nahm mich sachte am Arm und drängte mich Richtung Wöchnerinnen-Station. Als wir außer Hörweite waren ließ er mich wieder los und meinte nur, »das macht keinen Sinn, der lässt dich da nicht rein, wir müssen uns etwas anderes überlegen" Noch bevor ich das Zimmer meiner Schwester erreichen konnte, hatte mich ein Pfleger entdeckt und brachte mich direkt zum Chefarzt.

Josef

Das Gespräch mit dem Botschafter hatte nichts gebracht. Zwar hatte er mir versprochen, alles in die Wege zu leiten, damit uns geholfen wurde, aber zuhause wurde Weihnachten gefeiert, ad hoc jemanden aus dem Hut zu zaubern, dazu war selbst er in seiner Position nicht im Stande.
Markus fand ich diskutierend mit dem Chefarzt. Dieser versuchte ihm klarzumachen, dass ihm die Hände gebunden seien, er brauche ein amtliches Dokument, eine mündliche Erklärung eines nahen Verwandten reiche in diesem Fall nicht aus. Auf meine Frage, was passiert sei, erklärte mir der Arzt, dass sich Familie Weizmann eingeschaltet und ihm verboten habe, die Apparaturen abzuschalten.
„Was geht die Weizmanns das an?«, wollte ich wissen. »Die Patientin war ihre Schwiegertochter in spe und ist die Mutter ihres Enkels.

Ihre religiöse Einstellung verbietet es, sie muss eines natürlichen Todes sterben. « »Aber das tut sie doch, wenn sie die Beatmung abschalten«, warf ich ein. »Auch wenn ich ihnen Recht geben muss, ich kann es nicht tun, die Weizmanns sind zu einflussreich"

Markus

Das war einfach zu viel. Ich sagte dem Arzt, dass ich zu meiner Schwester wolle, stand auf und verließ den Raum. Es war viel Betrieb auf der Station, es mussten eine Reihe neuer Patienten aufgenommen worden sein. Katharina lag nicht mehr allein in ihrem Zimmer, man hatte ein weiteres Bett dazugestellt, abgeschirmt durch eine spanische Wand.
Ich nahm mir einen Stuhl, setzte mich zu ihr und grübelte, wie es weitergehen solle. Dieser Gott verdammte Familie Weizmann. Was hatte Katharina dazu bewogen in eine solche Sippschaft einheiraten zu wollen? Als die Tür sich öffnete, dachte ich Josef käme, aber stattdessen betrat ein gutaussehender junger Mann das Zimmer. Er reichte mir seine Hand und sagte »Hallo, ich bin Eli, du musst Katharinas Bruder Markus sein!« Ich nickte und sah ihn fragen an. »Ich bin Moshes jüngster Bruder.« »Schon wieder ein Weizmann«, stöhnte ich. »Keine Angst, ich trage zwar diesen Familiennamen, habe aber mit der Sippe wenig am Hut. Ich bin eines der schwarzen Schafe der Familie. «

Josef

Ich hatte den Arzt gefragt, wie es denn nun weitergehen solle und erfuhr, dass die Weizmanns Katharina zu sich nehmen wollten, eine Pflegerin würde sich um sie kümmern. Geld spielte keine Rolle, davon hatten sie reichlich Er gab mir den Rat, Israel baldmöglichst zu verlassen, dies sei für alle Beteiligten das Beste.
Offenbar hatten die Weizmanns ihn mächtig unter Druck gesetzt. Nachdem Gespräch brauchte ich erst einmal frische Luft und vertrat mir vor der Klinik für einige Minuten die Beine. Als ich in

Katharinas Zimmer kam, sah ich, dass Markus dort nicht allein mit ihr war. Nicht nur, dass eine weitere Patientin dort untergebracht war, nein ein hübscher junger Mann unterhielt sich angeregt mit Markus. Eli hieß er und war Mosches jüngster Bruder, schwarzes Schaf der Familie, und stand voll auf unserer Seite.

Markus

Als Josef mir sagte, dass die Weizmanns Katharina zu sich nach Hause holen und dort pflegen wollten, sah ich Eli fragend an Ich weiß, was du fragen willst. Ja, sie können das, wenn sie es wollen. Mein Vater, ach was, diese ganze Sippschaft ist sehr einflussreich und leider, bis auf wenige Ausnahmen, auch total verblendet, wenn es um Adonai und seine „Gesetze" geht, redete sich Eli nun in Rage" Das war der Augenblick, wo ich nicht nur die Entscheidung zu treffen hatte, nein ich musste selbst aktiv werden.

Ich küsste meine Schwester, stand auf, trat zu den Apparaturen und schaltete ein Gerät nach dem anderen aus. Ein schrilles Piepen setzte ein und dann waren wir auch schon umringt von Pflegern und Ärzten.

Kapitel 4 – Flucht

Josef

Es herrschte ein geordnetes Chaos. Die Pfleger und Ärzte drängten uns aus dem Zimmer. Ich nahm Markus, den ein heftiger Weinkrampf schüttelte, in den Arm. Eli drängte darauf, die Klinik zu verlassen, und meinte, »es wird nicht lange dauern, bis die S c h ä f e r l o c k e n   h i e r   auftauchen   u m   d e n   Leichnam abzuholen!" Markus hatte das zum Glück nicht gehört. »Wir können jetzt nicht einfach verschwinden, damit machen wir uns doch alle verdächtig" Wir hätten auch gar nicht gehen können, denn genau in diesem Augenblick kam der Oberarzt aus dem Krankenzimmer und trat zu uns. »Herr Mendel, bitte, wir müssen uns unterhalten«, tröstend s t r i c h   e r   M a r k u s   über den Kopf. »Am besten sie kommen alle drei mit zu unserem Chef! « »Kurz danach saßen wir zu fünft in dem wirklich nicht großen Zimmer des Chefarztes.

Markus

Ich hatte sie umgebracht, ich hatte Katharina, meiner Zwillingsschwester, das Leben genommen, an nichts anderes konnte ich denken. Nun saßen wir in diesem engen Zimmer und die Fragen prasselten auf mich ein, ohne dass ich sie sortieren, geschweige denn beantworten konnte.
»Herr Mendel, was um alles in der Welt ist, passiert, wieso haben Sie die Apparate abgeschaltet?" »Gibt es eine Vollmacht, können wir die Organe entnehmen?" Ich war unfähig zu antworten. Josef sprang mir bei. »Plötzlich zeigte der Herzmonitor eine durchgehende Linie und das schrille Piepen setzte ein«, begann er, wurde aber in seiner Rede vom Oberarzt unterbrochen. »Das ist doch kein Grund die Geräte abzuschalten, wenn der Kreislauf zusammenbricht, dann können wir die Organe nicht mehr verwenden!" Jetzt schaltete sich auch Eli in die Unterhaltung ein. »Die hätten Sie eh nie bekommen. Wer von Ihnen

hat denn der Verlegung in das Haus meines Vaters zugestimmt?«, wollte er wissen. Daraufhin senkte der Chefarzt schuldbewusst den Kopf.

Josef

Ich hörte nur wie Markus leise stammelte, »ich konnte es einfach nicht mehr ertragen. Katharina ist meine Zwillingsschwester, sie so leiden sehen zu müssen und dann dieser Hickhack…" Wir brauchten den Botschafter. Er war der Einzige, der uns in dieser Situation helfen konnte.
Ich schaute die Ärzte an »Sie entschuldigen uns bitte, wir müssen uns jetzt um die Beerdigung kümmern«, erhob mich von meinem Stuhl und schob Markus zur Tür. Eli war ebenfalls aufgestanden und hatte die Tür bereits geöffnet als Markus sich nochmal den Ärzten zuwandte, und dieses Mal mit festerer Stimme sagte *»entnehmen Sie die Organe, wenn es noch nicht zu spät ist, es gibt wohl keine Verfügung und unsere M u t t e r h a t m i r diese Entscheidung überlassen. Katharina war mit Leib und Seele Ä r z t i n, s i e wollte Leben retten, es wäre mit Sicherheit in ihrem Sinn. «*

Markus

Wir gingen noch einmal auf die Säuglingsstation, um den Kleinen wenigstens sehen zu können. Eine sehr resolute, ältere Schwester wollte ihn uns jedoch zunächst nicht zeigen, wurde aber zugänglicher, nachdem Eli sich als zum Weizmann Clan zugehörig zu erkennen gegeben hatte. Daniel hatte die ganze Zeit auf uns gewartet und sah mich fragend an. »Meine Schwester ist tot. Ich muss hier raus, können wir zu dir?"«, *ich sah ihn fragend an.* »Ja, klar auch wenn es meinem Freund nicht sonderlich gefallen wird. Ich habe versprochen euch zu helfen «, *er nickte und setzte sich in Bewegung, Richtung Ausgang.*
»Ich habe eine bessere Idee«, *mischte Eli sich ein.* »Ihr kommt mit mir

nach Tel Aviv. In meiner Wohnung ist genug Platz und ihr habt eure Botschaft vor Ort" »Du hast keine Familie, der wir im Wege sind?«, fragte Josef. »Die einzige Familie, die sich daran gewaltig stören dürfte, ist meine eigene Sippschaft, aber die können mich alle einmal gewaltig im Mondschein besuchen«, *erhielten wir als Antwort.*

Josef

Nachdem wir unser Gepäck bei Daniel abgeholt, und uns auch bei seinem Partner, nochmals für die Gastfreundschaft bedankt hatten, erfuhren wir auf der Fahrt von Jerusalem nach Tel Aviv, von Eli einiges über den Weizmann Clan.

Schon sein Urururgroßvater war Diamanten Händler gewesen, in Antwerpen, und schon in der dritten Generation war aus dem kleinen Handel ein wichtiges Handelshaus geworden. Mittlerweile war es ein weltumspannendes Imperium. Wie bei orthodoxen Juden üblich waren es große Familien und alle männlichen Familienangehörige wurden mit Posten versehen, gründeten neue Niederlassungen und mehrten den Reichtum. Als die Nazis in Europa wüteten, hatten die Weizmanns rechtzeitig Lunte gerochen und ihre Besitztümer in die Staaten und nach Südamerika gebracht. Nach der Gründung des Staates Israel war sein Großvater mit einem Teil der Familie nach Israel emigriert.

Markus

Mein Gott, was für ein Clan. Wie sollte man gegen so eine Familie mit ihren vielen Verbindungen bestehen können, fragte ich mich? »Eli, darf ich dich mal fragen, was dich zum schwarzen Schaf innerhalb der Familie gemacht hat? « »Markus kannst du dir das nicht denken?«, er fuhr zügig und konnte mich nur kurz über den Rückspiegel ansehen. »Ich bin alles andere als gläubig, habe mich unabhängig gemacht und lebe auch noch im Sündenbabel Tel Aviv. « »Wieso Sündenbabel?«, *wollte Josef wissen.* »Nun, in Jerusalem betet man und in Tel Aviv geht die

Post ab, ihr werdet es schon sehen«, *mehr sagte er nicht,*
konzentrierte sich stattdessen auf den dichter werdenden Verkehr
kurz vor Tel Aviv. Gut eine halbe Stunde später parkte er den Wagen in
der Tiefgarage einer mehrgeschossigen Wohnanlage. Der Lift brachte
uns in die obere Etage, wo man von den Fenstern aus, einen herrlichen
Blick über die Stadt und den Strand hatte.
»Da kommt Josh«, *sagte Eli, als die Tür sich öffnete und ein, geschätzter,*
Enddreißiger die Wohnung betrat. »Hallo Schatz, schön, dass du schon
da bist. Das sind Markus und Josef«, stellte Eli uns vor.

Josef

Josh gab uns nicht nur die Hand, er nahm uns beide in die Arme und
küsste uns rechts und links auf die Wange. »Schön, dass ihr hier seid,
willkommen in unserer bescheidenen Hütte." Ein Lächeln lag auf
seinen Lippen, als er dies sagte. »Ich hätte mir solch einen Luxus nie
leisten können, aber Eli braucht den Schekel nicht zweimal
umdrehen«, er nahm seinen Freund in den Arm und küsste ihn
zärtlich. Danke, Josh, danke für die liebe Begrüßung, dass wir
herzlich willkommen sind spüren wir, nicht wahr Markus«,
wandte ich mich meinem Schatz zu *»Ja, ja natürlich. Sorry Leute,*
mir brennen ein paar Dinge unter den Nägeln. Ich muss meine
Mutter in Sofia anrufen, ich weiß gar nicht wie ich ihr
beibringen soll, was ich gemacht habe«, sagte Markus. „Und ich muss
den Botschafter erreichen, er muss uns helfen mit der Kremation
und der Überführung der Urne nach Deutschland«, bemerkte ich.
Eli und Josh sahen sich an, als Eli nickte fing Josh zu sprechen an
»es gibt kein Krematorium in Israel…"

Markus

Ich glaubte mich verhört zu haben. »Wie bestattet ihr eure Toten?«,
fragte ich. »Nach jüdischem Glauben ist der Körper nur von

Gott geliehen«, *Eli zuckte bedauernd mit den Schultern.*
»Wahrscheinlich haben Sie deine Schwester eh schon geholt und ins Waschhaus gebracht. « *»Was heißt das?«, ich verstand die Welt nicht mehr.* »Das heißt, dass es nur Erdbestattungen gibt, im ewigen Grab. Dort warten die Verstorbenen auf die Ankunft Adonais«, *belehrte mich Eli.*
»Ich weiß nur nicht, wer das Kaddisch sprechen wird. Das macht traditionell der nächste männliche Verwandte und der bist du«, *Eli sah mich fragend an.* »Das Kaddisch ist das Totengebet. Das Thema ist zu umfangreich, um es jetzt in allen Facetten zu beleuchten, ich versuche mal herauszufinden, was die Familie vorhat«, *sagte er und tippte im selben Augenblick eine Telefonnummer in sein Handy.*

Josef

Der Botschafter war alles andere als erfreut, als ich mich erneut bei ihm meldete und die neue Situation darlegte. Natürlich berichtete ich ihm nicht, dass Markus die Geräte abgeschaltet hatte. Er verwies mich an die hiesigen Bestattungsunternehmen, diese könnten mir sicherlich weiterhelfen. Warum nur beschlich mich so eine Ahnung, dass er uns gar nicht helfen wollte? Eli hatte sein Gespräch beendet und brachte uns auf den Stand der Dinge.
Katharinas Leichnam sollte von der Chewra Kadisha abgeholt und für die Beerdigung vorbereitet werden, sobald die Organe entnommen waren. Chaim Weizenbaum hatte einen Tobsuchtsanfall bekommen, als er gehört hatte, dass Markus der Organentnahme zugestimmt hatte. Katharina sollte in einem Grab direkt neben Moshe ihre letzte Ruhe finden. Damit Jonathan, sobald er alt genug war, die Gräber seiner Eltern besuchen konnte. All diese Informationen hatte er von seinem Bruder Ilan erhalten, der, genau wie er, zu den schwarzen Schafen der Familie gezählt werden konnte, aber einen sehr guten Draht zu den F r a u e n , s e i n e r b e i d e n ä l t e s t e n Brüdern hatte. Und dann schlug die Bombe ein.
»Sie verdächtigen Markus, die Geräte abgeschaltet zu haben, sie glauben nicht an den Herzstillstand«, erklärte Eli. Der Clan hat sich mit dem Polizeichef in Verbindung gesetzt. Sie wollen, dass die Angelegenheit untersucht wird. Markus, du solltest das Land schnellstens zu verlassen! «

Markus

Verdammte Scheiße. Hier lief alles schief was schieflaufen konnte. Ich hatte meine Schwester umgebracht, um sie nicht dieser Familie zu überlassen. Und jetzt das. Ich sah Josef an »was machen wir?«
»Eli hat Recht, du musst ganz schnell von hier weg, am besten mit dem Auto irgendwo über eine Wald- und Wiesengrenze.« *Markus hatte mich in den Arm genommen und mein Kinn angehoben, so dass ich ihm in die Augen sehen musste.* »Vertrau mir, ich bringe Michael mit, das verspreche ich dir.«
»Aber wie denn, er ist ja nicht einmal standesamtlich gemeldet?« *Nun mischte sich Eli auch wieder in unsere Unterhaltung ein.* »Ich weiß gar nicht, wie ich dir, euch das sagen soll?«*, traurig blickte er uns an,* »das Standesamt hat den Jungen auf den Namen Jonathan Mendel, Religion Jude und Staatsbürgerschaft Israel registriert.« *Ich musste das Gehörte erst einmal verdauen. Ich zitterte in Markus Armen wie Espenlaub.* »Und es gibt noch ein Problem«*, mischte sich nun auch Josh ein,* »Israel kann man nur auf dem Luftweg verlassen. Alle Landesgrenzen sind dicht. «

Josef

Jetzt hieß es schnell handeln.
»Rufe deine Mutter an und sage ihr, dass du mit der nächsten Maschine, in der du einen Platz bekommst, nach Sofia kommst. Erkläre nichts am Telefon, wer weiß, wer da alles mithört Ich kümmere mich um den Flug«, kam es von Josh. Wozu hat man Beziehungen?« Markus zitterte immer noch. So nervös wie er es war, würde er mit seinem Gezappel, sicher die Aufmerksamkeit sämtlicher Wachleute am Flughafen erregen. Eine gute Stunde später saßen wir in Elis Wagen auf dem Weg zum Flughafen. Josh hatte, wie auch immer, einen Platz in der Maschine bekommen und Hin- sowie Rückflug gebucht. »Wozu das Rückflugticket?«, ich sah in fragend an. »Damit wir weniger Aufmerksamkeit erregen, falls man schon damit begonnen hat, die Flughäfen zu überwachen. Sie werden am Flughafen ihr

Augenmerk erst einmal auf Oneway-Tickets richten« Woher wusste er das. Was machte er beruflich? Der Mann war mir ein Rätsel. Ich wollte i h n gerade danach fragen, als Eli uns erklärte, J o s h arbeite b e i e i n e r Regierungsstelle und s e i zur Geheimhaltung verpflichtet.

Markus

Es war alles so surrealistisch, ich saß auf einem Fensterplatz und schaute auf das Meer unter mir. Die Ausreise war problemlos vonstattengegangen. Einreisen würde ich in absehbarer Zeit nicht mehr können, mir drohte die sofortige Verhaftung. Ich würde mich zu dem, was ich getan hatte, bekennen, aber nicht vor einem israelischen Richter. Mochten die deutschen Behörden tätig werden.

Josef

Markus war in Sicherheit. Er hatte eben angerufen, dass er im Krankenhaus angekommen war. Jetzt stand ich vor der Herausforderung mit dem Jungen das Land zu verlassen, besser gesagt, erst einmal an den Knaben heranzukommen. Ich hatte die denkbar schlechtesten Chancen, war ein absoluter Fremder, gehörte offiziell nicht zu Markus Familie. Unsere Botschaft konnten wir auch abschreiben, dort würde keiner einen Finger krumm machen, uns zu helfen. Blieben also nur Eli und Joshua, sowie Ilan, den ich nicht kannte, und Daniel, dessen Freund nicht wirklich auf unserer Seite stand.

Markus

Meinen Vater so zu sehen, brach mir fast das Herz. Papa war immer vital und sportlich gewesen. Nun lag er halbseitig gelähmt, und nahezu apathisch, mit zwei weiteren Patienten in einem Zimmer. Ich war direkt nach der Landung zur Klinik gefahren. Meine Mutter sah zum Fürchten aus. Dunkle Ringe unter ihren Augen zeugten davon, dass sie schon

lange nicht mehr erholsam geschlafen hatte.
Papa schlief, Mama und ich hielten uns lange in den Armen, weinend. Ich
konnte sie schließlich überzeugen, sich für einige Stunden ins Hotel
zurückzuziehen und sich hinzulegen, aber erst, nachdem ich ihr
versprochen hatte, Papa noch nichts von Katharinas Tod zu erzählen.
Bevor ich mich zu Papa ans Bett setzte, brachte ich sie zur U-Bahn und
rief Josef an.

Josef

Markus hatte sich unmittelbar nach der Landung gemeldet, so dass ich
beruhigt sein konnte, dass er sicher in Bulgarien angekommen war. Bei
unsrem zweitem Telefonat berichtete er mir vom Zustand seines Vaters und
dass er seine Mutter zum Schlafen ins Hotel geschickt hatte. Er würde am
Bett seines Vaters Wache halten. Das machte mir erneut Sorgen, er war
selbst übermüdet und brauchte dringend Schlaf. Zur Abwechslung konnte
ich ihm mal etwas positives berichten. »Schatz, wir sind einen kleinen
Schritt weiter, wir haben eine beglaubigte Kopie der Geburtsurkunde.«
»Wow, wie seid ihr darangekommen?«, hörte ich die vertraute Stimme.
»Ich sage nur Daniel. Wir haben ihn wohl falsch eingeschätzt, uns zu sehr
auf seinen Freund konzentriert und unterstellt, dass Daniel dessen Meinung
zu seiner eigenen machen würde. « »Und es gibt noch eine gute Nachricht,
der Kleine hat auch die deutsche Staatsbürgerschaft. « *»Kaum bin ich außer*
Landes und schon kommt Bewegung in die Sache«, kam es wesentlich
heiterer aus dem Hörer. Diese Neuigkeiten hatten wohl einen Endorphin-
Kick bewirkt. Wir redeten noch eine ganze Weile, wobei wir uns
gegenseitig versprachen, immer für e i n a n d e r da zu sein.

Markus

Als ich dann am Bett meines Vaters saß und die vergangenen Tage Revue
passieren ließ, merkte ich erst, wie müde und zerschlagen ich war. Ich
musste wohl eingeschlafen sein, eine Hand strich mir zärtlich über die Wange.
Als ich die Augen aufschlug blickte ich in das Gesicht meines Vaters. In
seinen Augen standen Tränen. »Nicht weinen Papa. Alles wird gut«,

redete ich ihm zu. Dann gab ich ihm einen Kuss und setzte mich aufrecht. Das Artikulieren fiel ihm noch sehr schwer, und manche Worte fielen ihm nicht ein, aber es reichte aus, um ein Gespräch zu führen. Vergessen waren der ganze Zoff und die vielen Missverständnisse der Vergangenheit. Dafür war jetzt keine Zeit mehr. Jetzt hieß es nach vorne zu schauen. Ob die Ärzte, denn schon eine Prognose hinsichtlich der Lähmung abgegeben hätten, wollte ich von ihm wissen. Dazu konnte er mir jedoch nichts sagen. Wir, besser gesagt ich, redeten lange, sehr lange und vergaßen dabei die Zeit. Erst als die Tür sich öffnete, und ich den Kopf meiner Mutter sah, merkte ich wie spät es war. Nachdem sie meinen Vater zur Begrüßung geküsst hatte, blickte sie mich fragend an und meinte, nachdem ich leicht den Kopf geschüttelt hatte »Markus, du siehst furchtbar aus. Du nimmst dir jetzt ein Taxi, fährst ins Palace Hotel und schläfst dich aus. Ich habe für dich ein Zimmer reservieren lassen. Ich melde mich bei dir, wenn ich zurück bin. Dann reden wir! «

Josef

Mit einer steinharten Erektion wachte ich auf. Ich hatte von Markus geträumt, es war ein sehr erotischer Traum gewesen. Schon merkwürdig, da flog einem die Welt um die Ohren aber das Unterbewusstsein fand immer noch Zeit Positives an die Oberfläche zu holen. Ich schickte ein kurzes Dankgebet zum Himmel. Wäre Markus hier gewesen, und ich hätte ihm davon erzählt, dann wäre wieder ein ironisches Lächeln in seinem Gesicht gestanden. Das ist der große Unterschied zwischen uns beiden, Markus ist überzeugter Atheist. Ich renne die Kirche nicht über den Haufen, bin aber gläubiger Katholik. Mit dem katholisch sein, das hat sich so ergeben; meine Mutter war evangelisch, mein alter Herr ist katholisch. Als die beiden heirateten kam in Bayern nur eine Konfession für mich in Frage, katholisch. So waren die Bedingungen der katholischen Kirche für eine ökumenische Eheschließung.
Die Wohnung war leer, Eli und Josh mussten arbeiten. Ich fand einen Zettel auf dem Küchentisch, in dem sie ankündigten, mich abends in eine Bar mitnehmen zu wollen. Nachdem ich geduscht und mir einen Kaffee gemacht hatte, rief ich Markus in Sofia an.

Markus

Das Vibrieren meines Handys machte mich auf den Eingang eines Gespräches aufmerksam. Mama und ich saßen gerade mit dem Stations- sowie dem Oberarzt zusammen, um abzuklären wie es mit der Behandlung meines Vaters weitergehen sollte. Ich sah auf dem Display, dass Josef mich erreichen wollte. Ich deutete auf mein Handy und verließ kurz den Raum. » Hallo mein Hase, es ist gerade sehr ungünstig, ich melde mich, sobald ich kann. « Damit war das Gespräch auch schon beendet. Als ich wieder zurück ins Zimmer kam, war bereits alles besprochen. Ich hörte nur noch wie meine Mutter sagt, » dann werde ich mich jetzt mit dem ADAC in Verbindung setzen, damit sie den Transport meines Mannes in eine Mainzer Klinik organisieren.«
Wir verabschiedeten uns von den Ärzten. Auf dem Flur meinte Mama, »ich

brauch' jetzt einen Kaffee, einen Gescheiten, keine Plörre. Wir werden jetzt zu deinem Vater gehen, ihm die guten Neuigkeiten erzählen, und dann mein Sohn werden wir beide uns ein Mittagessen gönnen, und das nicht bei McDonalds!«

Josef

Als Markus keine 10 Minuten später zurückrief, erfuhr ich von ihm, dass sein Vater in eine Mainzer Klinik verlegt werden sollte. Irene wollte am Nachmittag vom Hotel aus mit dem ADAC den Rücktransport abklären, vorher wollten sie aber in der Stadt zum Essen gehen, sie war der Meinung, dass sei nach all der Aufregung mehr als nötig. »Konntest du schon in Erfahrung bringen, wie ich an die nötigen Papiere komme, damit ich den Kleinen aus der Klinik holen kann?«, Markus klang viel heiterer als in den letzten Tagen. Leider konnte ich ihm nichts Positives berichten, das Personal der deutschen Botschaft hielt sich mehr als bedeckt. »Nein, es hat sich noch keiner gemeldet, aber ich verspreche dir, jetzt sofort dorthin zu marschieren. Irgendwer wird schon da sein, einer muss die Stellung halten. Vom Pförtner lasse ich mich dieses Mal nicht wieder abwimmeln" »Lass mal, ich habe da eine andere Idee«, hörte ich Markus sagen »du hast doch eine beglaubigte Geburtsurkunde.« Kannst du mir diese bitte faxen?« Logisch, das war die Lösung. Markus würde die Reisedokumente für den Kleinen in der Botschaft in Sofia beantragen.

Markus

»Mama, wir müssen erst ins Hotel zurück. Josef faxt mir die Geburtsurkunde des Kleinen«, drängte ich, und wollte eine Taxe heranwinken. Meine Mutter schüttelte den Kopf und bekundete mit einer Geste ihren Willen, ein paar Schritte zu Fuß gehen zu wollen. So landeten wir schließlich im Niky, einem netten Restaurant in der Innenstadt. Ich wäre daran vorbeigelaufen, da es zu dem gleichnamigen Hotel gehört und ich erst gar nicht auf den

Gedanken gekommen wäre, dass jeder dort essen konnte, egal ob Hotelgast oder Passant. Bei einem sehr leckeren Essen fanden wir endlich Zeit, uns darüber zu unterhalten, was in den letzten Tagen passiert war und wie es weitergehen sollte. »Ich werde den Jungen erziehen...«, meine Mama strich mir zärtlich über die Hände, Tränen standen in ihren Augen. Ein Kloß im Hals hinderte sie daran, mir zu antworten. Der Ober erkundigte sich diskret, ob wir noch weitere Wünsche hätten. Ich orderte Kaffee und Cognac, es war noch nicht alles besprochen, noch hatte ich nicht gebeichtet, dass ich es war, der die Apparaturen abgestellt hatte. Den Mord an Katharina musste ich noch gestehen.

Josef

Josh und Eli hatten kein Faxgerät, aber sie wussten von einem, kleinem Lebensmittelladen in der Nähe, in dem sie regelmäßig einkauften, dass dieser ein Faxgerät hatte. Jeder von ihnen bot an, für mich dort hinzugehen und das Fax nach Sofia zu schicken. Schlussendlich gingen wir alle drei. Es tat gut, wieder einmal vor die Tür zu treten und unter Menschen zu kommen. Unterwegs fiel mir ein, das Markus wohl auch eine beglaubigte Sterbeurkunde brauchen würde. Wie sollte er sonst die Vormundschaft beantragen. Ich hatte gerade den beiden meine Vermutung geschildert, als Elis Handy läutete. Da er Hebräisch sprach, konnte ich weder heraushören mit wem er telefonierte, noch um was es ging. Das es wohl nichts Erfreuliches war, konnte man an seiner Mimik ablesen. Auch Joshs Gesichtsausdruck hatte etwas Grimmiges. »Verdammte Sippe«, zischte er. »Was ist los, hat es etwas mit uns zu tun, geht es dem Kleinen nicht gut?«, wollte ich von ihm wissen.
»Ich kann mir nur aufgrund von Elis Antworten einen Reim auf das Gespräch machen, aber so wie ich es verstanden habe, wollen sie den Kleinen holen" »Das geht nicht, das dürfen sie nicht" Ich geriet in Panik. Ganz ruhig Josef, wir finden schon eine Lösung. Ich habe mit der Sippe mehr wie eine Rechnung offen. « Nachdem Eli sein

Gespräch beendet hatte, bestätigte er Joshs Vermutung. Die beiden wechselten ins Hebräische, so dass ich nicht verstehen konnte, um was es ging. Dann verabschiedete sich Josh mit dem Hinweis, noch etwas dringendes erledigen zu müssen, während Eli mit mir zu dem Gemüseladen lief.

Markus

Meine Mutter hielt mich in den Armen und versuchte mich zu trösten. Wir weinten beide. Nachdem ich ihr erzählt hatte, dass ich Katharina das Leben genommen hatte, heulte ich wie ein Schlosshund. »Markus beruhige dich, du hast Katharina nicht umgebracht, du hast lediglich diesen unwürdigen Zustand beendet«, *redete Mama leise auf mich ein. Den Ober, der sofort herbeigeeilt war, als er sah, dass es zu dramatischen Szenen kam, hatte sie mit der Order nach weiterem Cognac weggeschickt. Bis die zwei Gläser vor uns standen, hatte ich mich so weit beruhigt, dass wir unser Gespräch fortsetzen, konnten. Ob ich mir denn vorstellen könne, was es hieße ein Kind aufzuziehen, wollte sie wissen. Wie Josef dazu stünde und was aus meinem Job werden sollte?* »Mama, Josef steht hundertprozentig hinter mir, der ist mein Fels in der Brandung. « »Aber was ist mit deinem Job, du bist gerade mit dem Studium fertig, du musst doch auch Geld verdienen«, *ihre klugen Augen forderten eine Antwort.* »Dann arbeite ich eben freiberuflich, es wird schon irgendwie klappen. « »Mein Sohn, der ewig Zweifelnde, der sich bei allem immer wieder hinterfragt hat? Und jetzt diese Klarheit«, *sie schüttelte den Kopf,* »bist eben doch eine Kämpfernatur. Ich bin stolz auf dich. « »Danke, Oma! *«Ich hatte sie zum ersten Mal Oma genannt. Das würde zukünftig wohl so bleiben. Wie sollte der Kleine sonst wissen, wer welche Rolle besetzte.*

Josef

Am Abend schleppten die beiden mich ins Shpagat, einem

schwulen Club, im Herzen der Stadt. Dort trafen wir auf Amira und Esra. Amira wurde mir als gute Freundin und Kollegin Katharinas vorgestellt. Esra war wohl ihre Lebensabschnittsgefährtin. Amira war nicht sehr gesprächig, dafür war es Esra umso mehr. Vor allem war sie mit Josh im Gespräch. Allerdings auf Hebräisch, so dass ich wieder einmal dem Gespräch nicht folgen konnte. Als die beiden sich dann auch noch nach draußen verzogen, schaute ich Eli und Amira fragend an »Esra und Josh kennen sich von der Arbeit «, klärte Eli mich auf, die beiden haben zusammen schon einige Projekte durchgezogen. Glaube mir, du hättest auch nichts verstanden, wenn sie Englisch gesprochen hätten, sie haben ihren eigenen Kodex. Da bekommen die Wörter eine eigene Bedeutung. « Amira nickte und meinte, »ja, das kenne ich auch, wenn die sich unterhalten, meint man, sie reden über einen Film oder ein Buch, dabei geht es aber immer um irgendetwas Politisches. In diesem Land dreht sich immer alles um Politik oder Religion! « »Von letzterem merkt man hier aber reichlich wenig«, warf ich ein. „Stimmt, deswegen sind wir ja hier«, Amira wurde nun lebhafter, »zum Beten haben wir die Schäferlocken in Jerusalem. Wir haben unseren Beitrag geleistet, drei Jahre Militärdienst, und viele von uns sind zudem ehrenamtlich tätig. Ein bisschen feiern muss uns doch wohl gegönnt sein, oder?«

Markus

Papas Rücktransport war geklärt. Er würde mit einem ADAC- Jet von Sofia nach Frankfurt, und von dort aus mit einem Krankenwagen nach Mainz ins Elisabeth Krankenhaus gebracht werden. Er wollte unbedingt ins Elisabeth, da er einige der dortigen Kollegen kannte. Für Mama war das gleich, ob sie nun nach Mainz, Wiesbaden oder Bad Kreuznach fahren musste, um ihn zu besuchen.
Einen Punkt auf der Agenda konnten wir abhaken. Auch Josef hatte zur Abwechslung einmal gute Nachrichten. Sie hatten einen Weg gefunden, den Jungen aus Israel heraus zur schmuggeln. Allerdings wollte er mir am Telefon keine Einzelheiten nennen. Mir wurde

gesagt, dass ich, sobald meine Eltern im Flugzeug saßen,
beziehungsweise lagen, einen Flug nach Larnaca buchen sollte. In der
Lazuli Beach Front Anlage habe man bereits ein Appartement auf
meinen Namen reservieren lassen. Als ich an diesem Abend in
meinem Bett lag, vermisste ich Josef sehr. Wie gerne hätte ich mit ihm
gekuschelt.

Josef

Markus würde spätestens an Silvester in Larnaca sein. Der Abend i m
S h p a g a t w a r e i n v o l l e r E r f o l g g e w e s e n . Joshs Kontakte
waren sehr weitreichend. Am meisten erstaunt war ich über das
Angebot von Elis kleinem Bruder gewesen. Er war bereit, mit seiner
Frau, die nur wenige Tage zuvor ebenfalls einen Jungen entbunden
hatte, den Kleinen nach Larnaca zu bringen. Ich würde einen
Lufthansa Flug nach München buchen, am Flughafen aber die
Maschine nicht betreten. Stattdessen mit Sun d'Or nach Larnaca
fliegen. Wir brauchten also nur noch die Papiere für den Kleinen, aber
darum musste sich Markus in Sofia kümmern.

30.12.2001

Markus

Meine Eltern waren weg, der Vormundschafts-Antrag war gestellt. Ich hatte noch etwas Zeit, bis ich zum Flughafen musste. Ausgecheckt hatte ich auch schon und saß nun in einem Café am Fenster, von wo aus ich das rege Treiben auf der Straße beobachten konnte.
Leider hatte es keine Möglichkeit gegeben, auf direktem Weg von Sofia nach Larnaca zu fliegen. Ich musste einen Umweg über Athen nehmen, was die Reisezeit unnötig verlängerte. Während ich dem Treiben zusah, begann ich mir Gedanken zu machen, wie es weitergehen würde.
Ich sah uns drei, in verschiedenen Zeitabschnitten. Den Kleinen, wie er in den Kindergarten kam, wie er eingeschult wurde...Dabei merkte ich gar nicht, dass mir Glückstränen über die Wangen liefen. Erst ein hübscher junger Mann vom Nachbartisch machte mich darauf aufmerksam, als er mir ein Taschentuch reichte. Er sprach mich auch an, vermutlich auf Bulgarisch, wechselte, als ich hilflos mit den Achseln zuckte, ins Englische und sagte, »Something wrong, can I help you?« »No, no, thanks, I'm ok, I'm only happy«, bedankte ich mich. Ein Blick auf die Uhr zeigte mir, dass es Zeit war zum Flughafen aufzubrechen. Ich winkte dem Ober, zahlte, schenkte dem freundlichen Bulgaren ein Lächeln und verließ das Café, nach einem Taxi Ausschau haltend.

Josef

Es hatte in der Klinik einen riesigen Aufstand gegeben, berichtete Daniel, als wir uns zu dritt in der Stadt trafen. In einem kleinen Café hatten wir den hintersten Tisch ergattert, von dem aus man das ganze Lokal gut im Blick hatte, super geeignet für unser konspiratives Treffen. Aaron und Schmuel hatten den Kleinen abholen wollen, Amira dies aber verhindert, indem sie ihn als hochfiebernd unter Verschluss hielt. Die Schäferlocken wollten daraufhin den Chefarzt sprechen, der aber zu dem Zeitpunkt im OP stand und diesen in den nächsten Stunden wohl auch nicht verlassen würde. Mit dem Hinweis, dass sie wiederkämen, hatten sie den Rückzug angetreten.

Boah, mir graut es davor, nach Zypern zu fliegen und den Kleinen hier allein zu lassen. « »Keine Angst, wir bringen euch den Jungen, spätestens Anfang nächsten Jahres seid ihr eine Familie«, versuchte Eli mich zu beruhigen. »Ihr kennt Markus nicht, der dreht am Rad vor Angst. Das wird ein lustiger Jahreswechsel werden. Du fliegst nachher erst einmal nach Larnaca und machst dir mit Markus mal ein paar schöne Stunden«, Eli machte dazu eine sollten wir in ständiger Sorge um dem Kleinen, lustvoll poppen.

Markus

Die Maschine der Olympic Airlines setzte zur Landung an, die Crew hatte die Kabinenbeleuchtung gedimmt und unter uns funkelten die Lichter in der Bucht. Nach einer großen Linkskurve sanken wir rasch tiefer und man konnte b a l d schon die Hotels erkennen, die sich wie Perlen an einer Schnur am Strand entlang aneinanderreihten. Ein kurzes Rumpeln machte u n s k l a r, d a s s w i r a u f g e s e t z t hatten. Ein Blick auf meine Uhr verriet mir, dass es kurz vor Mitternacht war. Bis wir endlich unser Gepäck erhielten, war es weit nach Mitternacht und als ich durch den Zoll war und in Richtung Mietwagenstände gehe wollte, stand er da und strahlte.

Josef

Meine Abreise aus Tel Aviv war besser als jeder jemals gedrehte James Bond Streifen. Die Schäferlocken hatten wohl Wind von meiner Abreise bekommen und wollten offenbar sicher sein, dass ich auch tatsächlich an Bord ging. Einer der Gorillas aus der Klinik schenkte mir ein zynisches Lächeln, bevor ich am Gate der Bodenstewardess meine Bordkarte zeigte und im Flugsteig verschwand. Während die Mitreisenden ihre Plätze aufsuchten, hatte mich ein Steward diskret in die

Galley geschleust und den Vorhang geschlossen. Nachdem das Boarding beendet war, verließ ich die Maschine durch Bordküche, und verschwand in dem noch dahinterstehenden Servicefahrzeug des Caterers. Im Versorgungszentrum wechselte ich erneut das Fahrzeug, und wurde nun von einer offiziellen Limousine zur Parkposition der Sun d'Or Maschine gebracht, Esra am Steuer sitzend. Umarmen konnten wir uns zum Abschied leider nicht. Sie öffnete mir den Schlag, und kurz bevor sie den Kopf leicht nach vorn neigte, sah ich ein belustigtes Blitzen in ihren Augen. Ich bedankte mich und sagte, »besser hätte ich es auch nicht organisieren können. Dank an die Organisation. « Und da kam nun mein Hase, abgekämpft und mit allem rechnend, nur nicht damit, dass ich ihn in Empfang nehmen würde.

Markus

Josef hatte sich schon um einen Mietwagen gekümmert und so schleppten wir unser Gepäck zur Abholstation. Nun begann das Abenteuer, Linksverkehr und keine Ahnung wo das Hotel war. Immerhin hatten wir den Namen des Hotels und auf einer Karte, die wir am Avis Schalter erstanden hatten, hatte uns die Dame vom Check-in Service die Route markiert
Wir sahen uns an. »Fährst du?«, fragte Josef. »Wenn du die Karte lesen willst und keine Angst vor meinen Fahrkünsten hast, gerne.« »Ich weiß doch wie du fährst, warum sollte ich Angst haben?« »Dann musst du aber auf die andere Seite«, sagte ich und begann um den Wagen herum zu gehen. »Ach du h e i l i g e Scheiße, daran habe ich überhaupt nicht gedacht, die fahren hier ja auf der falschen Seite. Ich könnte hier nicht fahren, bestenfalls mit Automatikgetriebe.« Glücklicherweise war um diese Zeit wenig Verkehr und nach einem ersten Check, wie sich das mit dem seitenverkehrten Schalten anfühlte, hatte ich den Dreh mit dem Linksfahren recht schnell raus. Die Appartementanlage gehörte zu einem der vielen Hotels, die ich beim Landeanflug gesehen hatte.

Josef

Wir waren positiv überrascht. Obwohl es mitten in der Nacht und außerhalb der Saison war, so dachten wir wenigstens, herrschte in der Anlage lebhafter Betrieb. Die Hotelbar war gut besucht, und unsere Bitte nach einer Flasche Wasser und einer Flasche Wein zur Mitnahme ins Appartement, schien niemanden zu stören. Ich unterzeichnete den Bon, in Erwartung, dass man mir das Gewünschte hinstellen würde, erfuhr aber von der jungen Frau, dass man uns die Bestellung bringen würde. Um drei Uhr lagen wir in den Federn, müde von der langen Anreise und vom Wein aber trotzdem hungrig auf uns.

31.12.2001

Markus

Wir hatten uns Lebensmittel und Getränke besorgt, wollten den Abend allein und im Appartement verbringen. Josef hatte seinen Vater angerufen, der schon in Sorge war, da er von uns in den letzten Tagen nichts gehört hatte. Das Telefonat zog sich in die Länge, sein Vater schien viele Fragen zu haben. Bis ich dann noch mit meiner Mutter telefoniert hatte, neigte sich der Tag dem Ende entgegen, es dämmerte bereits. Immer noch schwebte ein Flugzeug nach dem anderen ein, der Lärm war, dank geschlossener Fenster erträglich. Am Nachmittag waren wir ein Stück am Strand entlanggelaufen. Der Strand war schön, aber Ruhe konnte man hier nicht finden, in der Einflugschneise des Frankfurter Flughafens war es nicht wesentlich lauter, schätzte ich. Ich wollte gerade etwas zu essen herrichten, als es an der Tür läutete.

Josef

Ich hatte nicht so lange mit meinem Vater gesprochen, wie Markus dies empfand. Zwischendrin hatte ich von Eli und Josh eine SMS bekommen, dass sie gelandet waren und in Kürze auf dem Weg zum Hotel seien.
Als Markus die Tür öffnete, hörte ich nur noch einen lauten Schrei »*Josef, komm schnell!* « Ich wusste längst was los war. Vor der Tür standen nicht nur Josh und Eli, nein auch Amira und Esra. Mit einer Kinderwippe in der Hand standen auch Ilan und Judith dort. »Möchtest du unsere Gäste nicht hereinbitten, mein Hase?«, ich trat hinter ihn und zog ihn ein Stück von der Tür weg. Wir hatten viel zu wenig Platz für alle. In unserem Appartement konnten sich bestenfalls vier Personen aufhalten, ohne, dass man sich auf die Füße trat.
Nachdem wir den Kleinen gefüttert und die anderen sich in ihren Appartements erfrischt hatten, saßen wir alle stolz wie Bolle bei einem fantastischen Essen in einem nahegelegenem Restaurant,

inklusive des Jungen, der den Jahreswechsel friedlich in seiner Wippe verschlief.

Ende

Danke

Mein Dank gilt meinen treuen Erstlesern Karl-Heinz und Erwin, sowie meinem Mann Mischa, der mich nach dem Lesen des Rohmanuskriptes mit seinem großen Kompliment sehr glücklich gemacht hat. Und natürlich allen, die von dem Projekt wussten, und mich ermuntert haben daran weiterzuarbeiten.

Einen besonderen Dank meiner Schwester für das Lektorat. Ohne ihre Hilfe wären zahlreiche Redewendungen eingeflossen, die unserer rheinhessischen Abstammung geschuldet sind und dem Lesen nicht zuträglich gewesen wären.

Liebe Familie, liebe Freunde,

es sollte nur eine moderne Weihnachtsgeschichte werden. Mittlerweile sind mir die Protagonisten aber so ans Herz gewachsen, dass ich beschlossen habe, das junge Glück einige weitere Jahre auf ihrem Weg als Familie zu begleiten.

Der Roman FAMILIE HEILAND ist in der Entwicklungsphase.

Herzlichen Dank euch allen

Lothar, München 03. Januar 2020, überarbeitet 28. November 2022